Gallimard Jeunesse/Giboulées
Sous la direction de Colline Faure-Poirée

© Gallimard Jeunesse, 2010
ISBN : 978-2-07-062407-2
Dépôt légal : mars 2010
Numéro d'édition : 164500
Loi n° 49956 du 16 juillet 1949
sur les publications destinées à la jeunesse
Imprimé en Chine

ROMUALD

LES PYJAMASQUES
ET LE MARCHAND DE SABLE

GALLIMARD JEUNESSE GIBOULÉES

Il est minuit pile à Tarabiscoville.
Pendant que tout le monde dort,
les Pyjamasques jouent à faire
des acrobaties !
Bibou en rouge !
Gluglu en vert !
Yoyo en bleu !
Ces trois petits héros n'ont pas
froid aux yeux !

Les Pyjamasques croisent alors le marchand de sable. Ce grand magicien pensait avoir endormi tout le quartier, quand il s'aperçoit que son travail n'est pas terminé.

– Nom d'une plume d'oreiller! s'exclame-t-il. Que font ces trois zigotos par ici au beau milieu de la nuit?

– Dorlidodo! Dorlidodi! Il est temps pour vous d'aller au lit, mes petits,
dit l'enchanteur en soufflant une poignée de sable, FFFFFF!
– Aïe! Ça va pas la tête? crient les enfants.
– Ça pique les yeux, ton truc!
– ATCHOUM! En plus, ça fait éternuer!
Au lieu d'aller se coucher, les Pyjamasques se mettent à rouspéter.

Le marchand de sable est très surpris.
– Vous devriez pourtant dormir à votre âge, comme tous les enfants sages!
Il brandit alors une seconde poignée de sable. Mais, cette fois-ci,
les Pyjamasques soufflent avant lui!
– Par le grand polochon, arrêtez, trublions! s'écrie le marchand de sable
qui n'en revient pas. C'est bien la première fois qu'on me fait ça!

– Puisque vous n'aimez pas mon sable,
j'ai d'autres moyens de vous endormir,
dit le magicien en claquant des doigts.
Un troupeau de nuages moutons fait soudain
son apparition.
– Il y en a des millions, vous n'avez plus qu'à
les compter, alors vous dormirez.
Mais, au lieu de COMPTER les moutons,
les Pyjamasques préfèrent JOUER à
saute-mouton !

Le marchand de sable est exaspéré !
– Je vois. Vous êtes des fortes têtes ! ronchonne-t-il. Sachez que
personne n'a jamais résisté à ma berceuse enchantée.
Il sort alors une flûte de son chapeau pointu et se met à leur jouer
une musique soporifique : « Turlututu ! Turlututu ! »
C'est peine perdue ! Au lieu de s'assoupir, les trois enfants
ne font que danser et rire !

Trop, c'est trop! Le marchand de sable perd patience!
– Vous commencez vraiment à m'agacer, graines de vauriens! Je vous ferai dormir, et par n'importe quel moyen! gronde-t-il en utilisant sa flûte comme une sarbacane.
PCHOUT! PCHOUT!
– Il est fou! crie Bibou. Il nous lance des mouches tsé-tsé!
Si elles nous piquent les fesses, on n'est pas près de se réveiller!

Les Pyjamasques partent vite se cacher, alors le marchand de sable essaie de les hypnotiser.

– Je sais que vous êtes là ! lance-t-il d'une voix ensorcelante. Regardez-moi dans les yeuuux et dormez, je le veuuux !

– Il est vraiment têtu, celui-là, chuchote Bibou.

– À nous de lui jouer un tour, dit Yoyo.

Vous êtes prêts, les gars ?

Un, deux…

... ET TROIS!!!
Abracadabra, nous voilà!
Perlimpinpin, tu ne vois plus
rien! crient les Pyjamasques.

Cette fois, le marchand de sable pique une grosse colère !
Il se met à hurler.
– Comment osez-vous me faire cela, petits misérables ?
À moi ! Le dernier descendant des marchands de sable,
endormeurs d'enfants de père en fils depuis la nuit des temps !
Je vais vous coudre les paupières, vous faire manger
une soupe aux somnifères ! Si vous n'allez pas tout de suite
vous coucher, vous aurez droit à une gigantesque fessée !

Mais à crier de la sorte, le marchand de sable réveille tout
le monde. C'est quand même un comble !
– Qu'est-ce que c'est que ce boucan ? se plaint le voisinage.
C'est bientôt fini, tout ce tapage ?
– On ne peut plus dormir tranquillement ! s'indignent les gens.
Le marchand de sable est si honteux d'avoir réveillé tout
le quartier qu'il préfère aller se cacher.

– Ça alors, il est déjà parti ! s'exclament les Pyjamasques.
– Dommage qu'il se vexe si facilement, ajoute Yoyo.
On s'amusait bien finalement.
– Moi, toute cette histoire m'a épuisé, dit Bibou.
– Moi aussi, marmonne Gluglu à moitié endormi.
– Vous savez ce qu'on devrait faire ? demande Yoyo
en baillant.
– ALLER AU LIT ! lui répondent ses deux amis.